LES TOMBEAUX

DE

L'ABBAYE ROYALE DE Sᵀ.-DENIS,

POÈME ÉLÉGIAQUE.

LES TOMBEAUX

DE

L'ABBAYE ROYALE DE ST.-DENIS.

PAR M. TRENEUIL.

TROISIÈME ÉDITION, REVUE, CORRIGÉE ET AUGMENTÉE.

Alexandre, ayant trouvé la sépulture de Cyrus ouverte et violée, fit mourir l'auteur de ce sacrilège, combien qu'il fût natif de Pella en Macédoine, homme de qualité, nommé Polymachus ; et en ayant lu l'inscription, qui étoit écrite en lettres et paroles persiennes, il voulut qu'on l'écrivît aussi en lettres grecques au-dessous ; et étoit la substance de l'inscription telle : « O homme ! qui » que tu sois, et de quelque part que tu viennes, car je suis assuré » que tu viendras, je suis Cyrus, celui qui conquit l'empire aux » Perses, et te prie que tu ne portes point d'envie à ce peu de terre » qui couvre mon pauvre corps. » Ces paroles émurent grandement à compassion le cœur d'Alexandre, quand il considéra l'incertitude et l'instabilité des choses humaines. (PLUTARQUE, *Vie d'Alexandre, trad. d'Amyot.*)

A PARIS,

CHEZ GIGUET ET MICHAUD, IMPRIMEURS-LIBRAIRES,
RUE DES BONS-ENFANTS, Nº. 34.

M. DCCC. VI.

AVERTISSEMENT

SUR CETTE TROISIÈME ÉDITION.

La rapidité avec laquelle la première édition des *Tombeaux de St.-Denis* a été épuisée, ne m'a point permis de corriger suffisamment la seconde: mais quoique celle-ci ait obtenu le même succès, j'ai cru devoir prendre le temps nécessaire pour perfectionner la troisième. On y remarquera un grand nombre de corrections ou additions, la plupart très importantes; et c'est ainsi que tout en servant les intérêts de mon amour propre, je témoigne au Public ma respectueuse reconnaissance pour la faveur distinguée dont il a honoré cette élégie. Il semble, par ce louable empressement, s'être montré jaloux de concourir, avec moi, à l'expiation du plus grand sacrilège qui jamais ait affligé la Religion, la Royauté, et déshonoré l'histoire d'un grand peuple. Au milieu de cette composition, à tous égards si difficile et si délicate, j'ai osé quelquefois me considérer comme l'interprète de tous les bons Français. Puissé-je ne pas leur paraître trop inférieur à la mission patriotique que je me suis volontairement imposée !

Je remercie MM. les journalistes de leurs éloges unanimes ; et je les remercie surtout de leurs critiques judicieuses. Non seulement je les ai en général adoptées ; mais encore j'ai cherché à deviner toutes celles que leur indulgence a voulu m'épargner ; enfin j'ai rempli, le mieux qu'il m'a été possible, le précepte exprimé dans ce vers de Boileau :

Soyez-vous à vous-même un sévère critique.

Les louanges quelquefois sont funestes à l'écrivain qu'elles enflent d'une vaine et dangereuse confiance : les critiques lui sont toujours salutaires. Quant à moi, pour une observation qui me serait profitable, j'en pardonnerais volontiers dix qui seraient plus malignes que justes, et moins solides que spécieuses.

PRÉFACE.

SAINT DENIS, ayant reçu sa mission du siège apostolique de Rome, pour porter la lumière de l'évangile à Paris, encore idolâtre, vit s'élever, contre lui et son église naissante, une des plus affreuses persécutions qui jamais ait ensanglanté le monde chrétien. Son glorieux ministère fut couronné par le martyre, vers la fin du troisième siècle. Une dame gauloise, nommée *Catulla*, touchée d'un respectueux attendrissement à la vue des restes de cet apôtre, sut, par un pieux stratagème, les dérober aux bourreaux, lorsqu'ils s'apprêtaient à les jeter dans la Seine ; elle les inhuma dans son jardin ; et la verdure du printemps couvrit bientôt les traces de ce larcin religieux. A peine le feu de la persécution venait de s'éteindre, *Catulla*, convertie alors au christianisme, bâtit sur le tombeau du saint martyr un humble oratoire, qui, renouvelé dans la suite, et construit sur un plan plus vaste par Sainte Geneviève, s'agrandit insensiblement, et devint, au sixième siècle, une abbaye très florissante. Parmi les personnages qui contribuèrent le plus à sa splendeur, on distingue Clovis, Dagobert, Thierry III, Pépin, Charlemagne, la reine Adélaïde, femme de Hugues-Capet, l'abbé Suger et Saint Louis. Charlemagne surtout, en 778, déploya dans la cérémonie de la dédicace toute la pompe qu'on pouvait attendre d'un prince si magnifique.

Cette abbaye, berceau de la foi de nos aïeux, fut l'objet du culte spécial et des pieuses libéralités de nos rois. Tous, depuis Dagobert, avaient choisi le premier apôtre des Gaules pour être le protecteur de leurs états et de leurs personnes. Et sans parler ici des services innombrables, rendus à la religion et aux lettres par l'abbaye de St.-Denis, on l'a vue former dans son sein au grand art de régner plusieurs héritiers du trône; donner au royaume de sages et d'habiles régents; offrir, du temps des Lombards, une retraite inviolable aux papes persécutés, exercer l'hospitalité la plus noble et la plus délicate envers les hommes de tous les pays et de toutes les conditions; terminer les différends survenus entre divers souverains; nourrir enfin les habitants de Paris dans des années de disette, et, chaque jour, les pauvres de la ville de St.-Denis, plus particulièrement confiés à leurs soins : digne et touchant emploi des trésors dont l'avaient enrichie des rois de France et d'Angleterre, des empereurs d'Allemagne et de Constantinople !

Je crois devoir réparer ici une omission commise dans les précédentes éditions, et rappeler un des plus majestueux souvenirs qui soit attaché à l'abbaye de St.-Denis, je veux dire l'abjuration de Henri IV. A la faveur de ce nom, éternellement cher aux Français, mes lecteurs me pardonneront, je l'espère, d'arrêter un instant leur pensée sur ce mémorable évènement. Henri IV, après s'être fait instruire depuis long-temps dans la foi catholique, par deux religieux de cette abbaye, Nicolas Esselin et Jean Gobelin, sortit de l'hôtel abbatial, le 25 juillet 1593, et se rendit à pied au parvis de l'église. L'archevêque de Bourges lui demanda, selon la formule marquée dans le pontifical, *qui il était et ce qu'il souhaitait :* à quoi ayant répondu humblement : *Je suis le roi qui demande d'être reçu au giron de l'église catholique, apostolique et romaine,* il remet son épée au seigneur de Bellegarde, son grand-écuyer, se jette à genoux aux pieds de l'archevêque, baise la vraie croix qu'il lui présente, récite le symbole, la main étendue sur le texte des évangiles, jure de nouveau fidélité à la religion catholique, et couronne cette grande cérémonie par une ambassade solennelle au pape pour lui rendre l'obéissance filiale.

Mais les cendres de plusieurs rois de la première, de la seconde race, et presque tous ceux de la troisième, depuis Hugues-Capet jusqu'à Louis XV, renfermées à St.-Denis, distinguaient principalement cette église de toutes les églises de France (1). Dépouillée, en 1792 et 1793, de cet auguste dépôt qu'avaient respecté, dans leurs fréquentes invasions, les hordes innombrables et féroces du Nord, elle reprend aujourd'hui sa destination primitive; et Napoléon Ier. la venge, s'il se peut, d'un sacrilège inconnu dans les fastes du paganisme et de la barbarie.

Le décret impérial du 20 février 1806, rendu sur le rapport de M. de Champagny, ministre de l'intérieur, au-

---

(1) Tous les Rois, depuis Hugues-Capet, n'ont point été inhumés ailleurs, si l'on en excepte seulement trois : Philippe Ier, qui fut enterré à St.-Benoist-sur-Loire ; Louis VII, dans l'abbaye de Barbeaux près de Melun, et Louis XI à Notre-Dame-de-Cléry.

torise la muse de l'élégie à publier le chant funèbre, je dirai presque national et expiatoire, que, dans les jours malheureux, elle soupira sur les ruines de St.-Denis et la profanation de ses monuments. Elle semble avoir présagé ce décret consolateur, dont elle n'offre, en quelque sorte, que le développement moral et religieux. Puisse ce dernier hommage, consacré aux trois dynasties anciennes par un sujet de la dynastie nouvelle, contribuer à rétablir parmi nous le respect pour les tombeaux, et à rallumer, dans le cœur des Français, leur amour antique pour la monarchie! Puissions-nous désormais, ainsi que tous les peuples instruits par nos longues discordes et nos longues misères, regarder les Souverains comme des êtres sacrés, les envoyés du Très-Haut et ses images inviolables!

LES TOMBEAUX

DE

L'ABBAYE ROYALE DE Sᵀ.-DENIS.⁽¹

Dans ces temps désastreux où, muette d'horreur,
La France en deuil rampait aux pieds de la Terreur,
Où, du jour expiré surpassant la misère,
Chaque jour enfantait un jour plus sanguinaire ;
Où la proscription asservit à ses lois,
Les larmes, le regard, le silence et la voix ;
Où l'âme, en ses pensers elle-même enchaînée,
Redoutait de se voir trahie et devinée ;
Le besoin d'oublier Paris et ses tyrans
Guidait souvent mes pas solitaires, errants,
Vers la plaine célèbre où, non loin de la Seine,
Dominait, de la Mort majestueux domaine,

Cette abbaye antique, et servant à la fois
De temple à l'Éternel, et de tombe à nos rois.

   Mille cris élevés de cette auguste enceinte,
Me frappent tout à coup de surprise et de crainte :
Hélas! dis-je en secret, quel crime, quel malheur
Vient de ce jour funeste accroître la douleur?
Paris épouvanté voit la hache inhumaine
Trancher sur l'échafaud la tête de sa reine ; (2
Et le sang de Louis, fumant aux mêmes lieux,
S'il ne parle au remords, parle du moins aux yeux.
France dégénérée ! ô parricide France !
Voudrais-tu, déployant ta stupide vengeance
Sur les Rois endormis dans leurs saints monuments,
De ce palais de mort chasser leurs ossements? (3

   Cependant j'abordai les caveaux funéraires,
De ce royal trésor sacrés dépositaires :
J'y plonge ; et la clarté d'un rayon qui se perd
Dans l'étroite longueur d'un souterrain désert,
Vient confirmer soudain mes terreurs prophétiques :
O, m'écriai-je, ô Mort! sous ces voûtes antiques
Naguères tu voyais rassemblés à ta voix
Nos trois premiers martyrs et dix siècles de Rois; (4

Que sont-ils devenus? quels Tigres en délire
Ont de ses habitants dépouillé ton empire?
Et la Mort me répond : Ces hôtes des tombeaux
Vont, comme les vivants, être en proie aux bourreaux;
Le signal est donné; voici l'heure où s'apprête,
Sous les murs de ce temple, une exécrable fête :
Sors, tu verras l'enfer et toute sa fureur.

   A ces mots, je sortis : ô profonde terreur!
Quelle fête, grand Dieu! quels hymnes et quels prêtres!
Pour victimes encor vous choisissez vos maîtres!
Monstres! n'êtes-vous plus ni Français, ni Chrétiens?
Ainsi, des Ravaillac, des Clément, des Damiens,
Un démon, déchaîné sur ces bords homicides,
Vient donc de féconder les cendres régicides!
Des barbares jadis l'instinct religieux
Respecta dans ces rois les images des Dieux;
Et vous exterminez leur auguste poussière,
Qu'avait su conserver la tombe hospitalière!
Le plus pieux monarque, un des plus saints mortels,
Se voit par vos fureurs chassé de ses autels?(5
Accordez-lui du moins un asile à Vincenne,
Un tombeau de gazon, sous cet auguste chêne,

Où sa voix équitable, en jugeant nos aïeux,
Semblait leur annoncer la volonté des cieux.
Charles, qui se forma sur cet illustre exemple,
A-t-il perdu le droit d'habiter dans ce temple?
Proscrirez-vous ce prince, esclave de la loi,
Qui traita ses sujets plus en pasteur qu'en Roi?
Que les arts, dont François enrichit sa patrie,
Arrêtent ses bourreaux, désarment leur furie.
Vont-ils des Potentats partager le destin,
Ce sage et ce guerrier, Suger et Duguesclin,
Suger, enfant du cloître, et qui, né sans ancêtres, (6
Sut gouverner en père et la France et ses maîtres;
Et ce bon Duguesclin, dont la Victoire en deuil
Sous les murs de Randon couronna le cercueil? (7
De l'infortuné Charle épouse courageuse,
Combien tu m'attendris! Ton étoile orageuse
Te dévoue aux bourreaux même au sein de la mort!
Henriette! je songe, en contemplant ton sort,
Qu'on a vu ton époux, vendu par sa patrie,
Perdre sur l'échafaud le trône avec la vie: (8
Ah! puisque le Français, armé contre son Roi,
Armé par la Terreur du poignard de la loi,

Imita dans son crime Albion infidelle,
Que du moins il l'expie en le pleurant comme elle.
Toi, dont avec transport je contemple les traits, (9
Sois touché, dans ce jour, de mes pieux regrets,
Magnanime Louis! ta tombe et tes images
Périssent; mais, vainqueur de ces lâches outrages,
Ton siècle, qui te doit toute sa majesté,
Te couvre des rayons de l'immortalité :
Siècle encor sans rival, rempli de ton histoire,
Héritier de ton nom, et chargé de ta gloire.

 Tandis que la stupeur attache mes regards
Sur tant de potentats confusément épars,
Objets de tant d'amour dans la France fidelle,
Objets d'aversion dans la France rebelle, (10
Une effroyable voix retentit en ces mots :
« De ce jour, mes amis, couronnons les travaux ;
» Que ce jour solennel, ce jour expiatoire,
» Condamne de ces rois la cendre et la mémoire.
» Des droits les plus sacrés monstres usurpateurs,
» Ils ont de nos aïeux bu le sang et les pleurs :
» Que la Vengeance crie aux trônes de la terre :
» Ni la Mort, ni le Temps n'endorment mon tonnerre ;

» Et, lorsque j'ai voulu les oublier vivants,

» Je vais dans leurs tombeaux foudroyer les tyrans..

L'assemblée applaudit, en mugissant de joie.

Accusateur et juge et bourreau de sa proie,

Chacun, sur la fureur dont il est transporté,

De l'arrêt qu'on attend règle l'atrocité.

« A la destruction de ces débris infâmes,

» Appelons, dit l'un d'eux, les ondes ou les flamme

» Qu'associés, dit l'autre, au sort des animaux,

» Ils restent à l'opprobre exposés sans tombeaux;

» Et que la nation, à jamais affranchie,

» Jure ici tous les ans haine à la monarchie.

» Mais non, de ces débris le spectacle odieux

» Souillerait un air libre, et la clarté des cieux :

» Que la terre plutôt, leur prêtant ses abîmes,

» Engloutisse avec eux et leurs noms et leurs crimes

» Et de ce lieu désert, muet pour l'avenir,

» Que sous les pas du Temps meure le souvenir. »

Il dit; on délibère, et ces accents sauvages

De la troupe incertaine ont fixé les suffrages.

Hors des murs de l'église, une Reine autrefois

D'un monument superbe honora les Valois;

C'est là que les brigands creusent un vaste abîme : (11
Sur les feux préparés pour consommer leur crime,
Des ossements des Rois le plomb conservateur
Bouillonne, et se transforme en globe destructeur,
Tandis que mille voix, au massacre aguerries,
Commencent à hurler les hymnes des furies.

  Tels, dans la solitude où fleurissent encor
Les opulents débris de l'antique Tadmor, (12
Des troupeaux rugissants de chacals et d'hyènes,
La nuit, vont de la mort dévaster les domaines :
Tel, et plus odieux ce peuple de bourreaux,
Le feu, le fer en main, dépouille ces tombeaux,
Dont les hôtes, ravis à nos pieux hommages,
Seront pleurés sans doute, et vengés par les âges.

  Ah! parmi tant d'objets de respect et d'amour,
Quand chacun dans mon âme éveillait tour à tour
Les brillants souvenirs et les tristes pensées,
Qu'inspire le destin des grandeurs éclipsées,
Que devins-je à l'aspect du Roi le plus chéri?
Il semblait respirer : Est-ce toi, bon Henri?....
Du poignard sur ton sein je vois encor la marque.... (13
C'est toi-même; et j'entends, ô généreux monarque!

Dans ton sommeil de mort ce rêve de ton cœur :

« Si jamais un héros, des factions vainqueur,

» Et ministre du ciel, devenu plus propice,

» Ramène dans l'état la paix et la justice ;

» S'il relève jamais le trône renversé ;

» D'un généreux oubli couvrant tout le passé,

» Puisse-t-il, comme nous, ami de la clémence,

» Pardonner en pleurant ces crimes à la France ! »

  Lorsque dans un tombeau, des passants profané,

Par la religion encore abandonné,

Une horde féroce, et de sang enivrée,

Entasse de nos Rois la poussière abhorrée,

Quels hommes un sénat stupide et furieux

Honorait dans un temple, et transformait en dieux !

A quels hommes Paris prostituait la gloire !

Quel adultère encens fumait en leur mémoire ! (14

O monstrueux désordre ! ô sacrilège horreur !

Que je sentis alors s'agrandir dans mon cœur

L'espoir et le besoin de la seconde vie,

Où doit à ce chaos succéder l'harmonie !

Oui, malgré les clameurs de l'incrédulité,

Disais-je, ce tombeau touche à l'éternité ; (15

Et ces Rois, maintenant éteints dans la poussière,

S'éveilleront un jour rendus à la lumière.

Oui, ces restes sans nom que, d'un bras impuissant,

Le Temps et les mortels poussent vers le néant,

» Plus que tous les soleils, semés dans l'étendue,

» Fixeront du Très-Haut l'infatigable vue,

» Jusqu'au jour de colère, où l'Ange des tombeaux

» Aux pieds d'un Dieu vengeur traînera ces bourreaux. »

    Digne prix de ma foi, quelle auguste merveille

Vint charmer tout à coup ma vue et mon oreille !

Frappé d'un jour nouveau, je vis du haut des cieux

Un essaim d'immortels descendre vers ces lieux :

De leurs corps transparents, vêtus de légers voiles,

Où l'or parmi l'azur rayonnait en étoiles,

Le soleil nuançait l'ondoyante vapeur ;

Ils suspendent leur vol, et, réunis en chœur,

Sur l'orgue et la cithare ils chantent ces prières

Qui soulagent des morts les peines passagères ;

Ils pleurent de nos Rois l'exil et l'abandon,

Et pour leurs assassins implorent le pardon :

« O Rois ! dans vos débris la France vous outrage ;

» Mais tandis qu'elle exhale une impuissante rage,

» Vos esprits satisfaits règnent dans un séjour,

» Qu'habitent et la gloire et la paix et l'amour:

» Au sein de ce tombeau, corruptible matière,

» Dans le ciel, plus brillants, plus purs que la lumière,

» Le jour que, dans son vol, doit s'arrêter le Temps,

» Dieu dira : Levez-vous, arides ossements; (16

» Et vos corps glorieux, rappelés à la vie,

» Iront des immortels habiter la patrie,

» Sans craindre désormais les orages du sort,

» Les traits de la douleur, ni la faulx de la mort.

» Honneur à JÉHOVAH, dont la toute-puissance,

» Des corps ressuscités épurant la substance,

» Élève jusqu'à lui la faible humanité,

» Et la revêt de gloire et d'immortalité ! » (17

Les astres, dans leur cours, à ces divins cantiques

Mariaient à l'envi leurs concerts magnifiques :

Les Anges vers le ciel reprennent leur essor;

Ils avaient disparu, je regardais encor,

Et mon oreille, encor attentive et ravie,

S'abreuvait des torrents de leur sainte harmonie. (18

　　Que de cette ineffable et chère vision

Mon cœur aurait long-temps nourri l'impression !

Mais les impiétés, dans le temple exercées,
Rappelant vers ce lieu mes pas et mes pensées,
Suspendirent le cours de mon enchantement.

　Quel aspect lamentable ! ô sacré monument
De la religion, et des Rois, et des âges !
Tu ne peux désormais qu'attester nos ravages :
Dix siècles vainement défendaient ta grandeur ;
Un jour a dévoré dix siècles de splendeur.
Ainsi, de tant de Rois, de tant de morts célèbres,
Qu'enfermaient de ces murs les antiques ténèbres,
Aujourd'hui mes regards, indignés et surpris,
Du grand Turenne seul rencontrent les débris.
Quel sera son destin ? ce fatal privilège
Le rendra-t-il l'objet d'un nouveau sacrilège !
Séparé de tes Rois, privé de leur tombeau, (19
Turenne, on t'a ravi ton titre le plus beau.

　Alors il me sembla, sur la France avilie
Voir de l'impiété planer l'affreux génie,
Qui, partout répandant le tumulte et l'erreur,
Et fier de proclamer l'œuvre de sa fureur,
En prescrivait partout les monstrueux exemples.
Au culte des Chrétiens, dont il souille les temples,

Il opposait des chants et des dogmes nouveaux,
En prêtres quelquefois transformait les bourreaux ;
Sur les autels sacrés où le vrai Dieu s'immole,
Élevait une impure ou sanguinaire idole, [20]
Chassait de tous les cœurs l'honneur et le remords,
Et déclarait la guerre aux plus illustres morts.
Que d'ombres à sa voix, dans leur sommeil troublées,
Sans espoir d'y rentrer, fuyaient leurs mausolées !
Ici j'entends gémir l'intrépide Biron,
Le vertueux Penthièvre et l'illustre Buffon. [21]
Là je vois exhumer cette femme immortelle, [22]
Qui, seule dans son art, sans rivaux ni modèle,
Puisa tout son génie au foyer de son cœur ;
Et qui, dans ses écrits, plutôt mère qu'auteur,
Consacrant à sa fille et ses jours et ses veilles,
Orna, sans y songer, le siècle des merveilles.
Paris livrait en proie à ce noir attentat,
Beaumont, ce magnanime et bienfaisant prélat, [23]
Qui voulut affermir, invincible colonne,
Son Dieu sur les autels, et son Roi sur le trône.
Ingrats ! à cet Ambroise, à ce Vincent nouveau,
Oserez-vous ravir l'asile du tombeau ?

Ah ! plutôt recueillez ses cendres tutélaires ;
Vous êtes les enfants dont il nourrit les pères.
Et toi qui sus nourrir, défendre nos aïeux,
Convertir un grand Roi, détrôner les faux Dieux,
O vierge, que Nanterre éleva sous le chaume, (24
Ange, ami de la Seine, Ange, ami du royaume,
Quel sort prépare-t-on à tes mortels débris ?
Est-ce toi qu'en tumulte on traîne dans Paris ?
Est-ce toi qu'on destine à ce bûcher infame ?
O honte des Français ! la dévorante flamme
A consumé déjà ce dépôt précieux
Qu'à notre foi parjure avaient commis les cieux ;
L'impiété le foule, et ses longues risées
En poursuivent dans l'air les cendres méprisées.
O Paris ! sacrilège et barbare cité !
   Et partout la terreur, partout l'impiété
Des mêmes attentats multipliait l'image ;
Partout enfin, bannis de leur saint héritage,
Et rendus au séjour du crime et des douleurs,
Les morts redemandaient une tombe et des pleurs :
Mais au peuple des morts, errant sans funérailles,
La terre impitoyable a fermé ses entrailles ;

Et des monstres nouveaux rejettent à la fois
La plainte des sujets et la plainte des Rois.
Ah ! plus on veut des Rois avilir la poussière,
Plus elle m'est sacrée, et plus elle m'est chère;
Et je porte en ce lieu, noir de tant de forfaits,
Le respect d'un Chrétien et le cœur d'un Français.

   Alors la voix du temps répète à ma mémoire
De ce Temple sacré l'origine et la gloire:
C'était ici le champ qui te vit autrefois,
Sensible *Catulla*, de l'apôtre Gaulois
Honorer le martyre, et, fille encor payenne,
Recueillir le trésor d'une cendre chrétienne.
Dans ce champ où tu vins lui dresser un tombeau,
Notre foi reconnaît son auguste berceau.
Ici fleurit l'école où l'humaine sagesse,
Des héritiers du trône instruisant la jeunesse,
Leur montrait le tableau des jeux cruels du sort
Dans les fastes du temps et dans ceux de la mort. (25
Ici venaient nos Rois expier les batailles, (26
Pleurer des nations les grandes funérailles,
Et, devant cet autel, où triomphait Denis,
Humilier leur sceptre et la gloire des lis.

Ici j'entends crier les murs, le sanctuaire,
Les caveaux dépeuplés, la prophétique chaire
D'où le grand Bossuet, Aigle de l'Éternel,
Élevait, dans son vol, la terre jusqu'au ciel.
Sublime Bossuet! aux éclats de ta foudre,
Quand on croyait des Rois voir tressaillir la poudre,
Et de leurs descendants chanceler la grandeur,
L'avenir t'ouvrait-il sa noire profondeur?
Y lisais-tu qu'un jour, plaintives, désolées,
De ce temple désert leurs ombres exilées
Demanderaient en vain à nos cœurs sans remords,
Le repos dont jouit le plus obscur des morts,
Et que l'impiété, pour cantiques suprêmes,
Chargerait leur tombeau de haine et de blasphêmes?
  Ah! du moins expions ces horribles adieux.
J'entends se disperser, s'enfuir, loin de ces lieux,
Des morts et des vivants cette horde ennemie,
D'un triomphe exécrable emportant l'infamie :
La piété m'appelle à consoler nos Rois ;
Homme, Chrétien, Français, je me rends à sa voix.
Et quel est le Tyran, dont la rage insensée
Peut commander à l'âme, et punir la pensée ;

Du dernier de ses droits dépouiller le malheur,
Des liens du silence enchaîner la douleur,
Transformer en complots des soupirs légitimes,
La prière en révolte, et les larmes en crimes?

Soudain je sors du temple, et mes pieux accents
Vont saluer des Rois les mânes gémissants :
Ils déplorent l'erreur d'une ingrate patrie.
Moi, fidèle sujet, je les plains et m'écrie :
Qu'enfin dans cet asile ils reposent en paix !
Et que le repentir y vienne désormais
Offrir avec ses pleurs l'encens de ses prières :
Rois, ne furent-ils pas nos pasteurs et nos pères ?
La haine a sur leur tombe épuisé ses fureurs ;
Devait-elle à leur mort survivre dans les cœurs ?
Qu'ils reposent en paix ! que l'oubli des outrages,
Dont on noircit encor leurs noms et leurs images,
Les suive dans la nuit du suprême sommeil,
Jusqu'à la fin des temps, au grand jour du réveil,
Où nous les entendrons, abjurant la vengeance,
De Dieu pour leurs bourreaux implorer l'indulgence

Verra-t-on en ces lieux ramper les courtisans ?
Viendront-ils de leur muse y vendre les présents,

Ces Poètes flatteurs, race avide et frivole,
Pour qui toute la gloire est dans l'or du Pactole ;
Ces lâches qui, d'un vers ingrat et clandestin,
Ont, le soir, outragé l'idole du matin,
Et qu'ensuite on a vus, dans leurs chants magnanimes,
Honorer les bourreaux, insulter aux victimes,
Fiers et bas tour-à-tour, politiques serpents,
Par instinct à la fois et par calcul rampants,
Qui de leur misérable et servile génie,
Vont dans tous les partis traîner l'ignominie.

   Hélas ! le souvenir de nos lis renversés
Ne parle qu'à des cœurs barbares ou glacés.
France ! qu'est devenu l'amour héréditaire,
Cet amour pour tes Rois, ton plus beau caractère ?
Ils te furent si chers ! et leurs mânes proscrits
Recueillent aujourd'hui ta haine et ton mépris :
Leur nom même, leur nom t'irrite et t'importune.
Du moins, si le respect qu'on doit à l'infortune,
A désormais perdu son empire sur toi,
Tout semble à leur destin compâtir avec moi ;
Il semble qu'en ce jour les marbres s'attendrissent,
Que les ondes, les vents et les oiseaux gémissent.

Mais quelle est cette fleur que son instinct pieux
Sur l'aile du zéphyr amène dans ces lieux ?
Quoi ! tu quittes le temple, où vivent tes racines,
Sensible giroflée, amante des ruines,
Et ton tribut fidèle accompagne nos Rois !
Ah ! puisque la terreur a courbé sous ses lois
Du Lis infortuné la tige souveraine ;
Que nos jardins en deuil te choisissent pour Reine :
Triomphe sans rivale, et que ta sainte fleur
Croisse pour le tombeau, le trône et le malheur!

J'ose invoquer pour eux, sujet de leur royaume,
L'humble droit du berger qui vécut sous le chaume,
Un asile secret : martyrs après leur mort,
De l'apôtre gaulois ils réclament le sort ;
Ils doivent en jouir : la piété païenne
Invite à ce devoir la charité chrétienne ;
Qu'ils ne soient plus troublés dans ce nouveau séjour,
Où sans doute la France ira pleurer un jour ;
Que d'un peu de gazon l'humble magnificence
De leur dernier palais décore l'indigence ; (27
Que la Religion sur ce Tombeau de Rois
S'empresse d'élever le trône de la Croix ;

Qu'elle vienne du moins, consacrant cette enceinte,
En vêtements de deuil, y répandre l'eau sainte!
  Ainsi, de ma patrie expiant les forfaits,
Je laissai de nos Rois les mânes satisfaits.
Que ne pouvais-je, hélas! d'un Roi trop populaire,
Trop faible, trop clément, consoler la poussière!
Louis, des souverains le plus infortuné!
Par la mort de ton frère au trône condamné, (28
Lorsque tu recueillais l'hommage que la France
Rendait à tes vertus plutôt qu'à ta naissance,
Qui l'eût dit que, déchu d'un empire si beau,
On dût à ta misère interdire un tombeau,
Ton nom à notre voix, à nos yeux ton image;
Et qu'en ces jours de sang, de deuil et d'esclavage,
La seule piété, fidèle à tes malheurs,
Viendrait furtivement te donner quelques pleurs?
Reçois-en le tribut : ah! trop digne d'envie
Celui qui, s'arrêtant sur le seuil de la vie,
T'abandonna le trône, et, détournant les yeux,
Prit un rapide essor vers le trône des cieux.
Du tombeau paternel où tu devais descendre,
La Mort même semblait avoir proscrit ta cendre;

De ce tombeau, peuplé des Princes de ton sang,

Nous vîmes ton aïeul fermer le dernier rang :

Et, pour le saluer de tes adieux funèbres,

Quand tu vins de ce gouffre aborder les ténèbres,

Ton regard aperçut, sans doute avec effroi,

Qu'il ne s'y trouvait pas une place pour toi.

Qui sait, qui me dira si de ce noir présage

Ta sagesse entendit le sinistre langage?

Cet oracle, rendu par la voix de la Mort,

T'aura-t-il révélé que le torrent du sort

Entraîncrait bientôt ton empire et ta race?

Ainsi de la grandeur le fantôme s'efface.

La France a vu briller sur le trône des lis,

Le sang de Charlemagne et le sang de Clovis :

La race de Capet.... Une race nouvelle

La remplace, fleurit, et doit passer comme elle.

Enchaîne cette loi de la fatalité

Dans l'abîme profond de ton éternité,

O mon Dieu ! souviens-toi de toutes nos misères,

Pour rendre nos enfants plus sages que leurs pères.

Souviens-toi du héros, dont nos vœux, chaque jour,

Des rivages du Nil invoquaient le retour.

Quels exploits de son règne ont signalé l'aurore !

Mais pour nous, mais pour lui, grand Dieu, fais plus encore,

Accomplis, s'il se peut, l'ouvrage de ta main.

C'est peu que, par tes soins, ce jeune Souverain,

De l'hydre des partis brisant toutes les têtes,

S'élève et s'affermisse au milieu des tempêtes ;

C'est peu qu'il soit l'arbitre ou le vainqueur des Rois,

Que la France lui doive et son culte et ses lois,

Qu'il ait conquis enfin ces deux trônes de gloire ,

Où brille sous ses traits l'Ange de la Victoire :

Joins encor à l'éclat de ses lauriers vainqueurs

Les touchantes vertus qui subjuguent les cœurs ;

Qu'il soit, comme Henri, le père de la France ;

S'il l'égale en valeur, qu'il l'efface en clémence.

Rends-nous dans ce Héros , enrichi de tes dons,

Charles cinq, Louis douze et le chef des Bourbons,

Et du dernier Louis les vertus paternelles.

Puisse-t-il, plus heureux, plus grand que ses modèles,

Attacher aux destins de l'Empire Français

Son génie invincible et des siècles de paix ;

Et que sa Dynastie, à jamais illustrée,

Des règnes les plus longs surpasse la durée !

Mais que peuvent, hélas ! notre amour et nos vœux ?
Les flots toujours changeants de ce monde orageux
D'un fondement certain privent nos espérances ;
Il faut que tôt ou tard de nouvelles Puissances,
Aux États corrompus apportant d'autres lois,
De leurs trônes vieillis précipitent les Rois.
Ciel ! à quels grands revers les grandes destinées
Sous un perfide éclat demeurent condamnées !

     Plongé dans ces pensers, une sainte terreur
Vint glacer tout à coup et mes sens et mon cœur.
L'Éternel m'apparut sur un char de nuages,
Et proféra ces mots par la voix des orages :
« Français, peuple sans foi, peuple exterminateur !
» Mon bras, de vos géants courbera la hauteur. (29
» Au mépris de ma loi, vous détrônez vos maîtres,
» Et de leur tombe encor vous chassez leurs ancêtres !
» De ce temps sacrilège un éternel burin (30
» Grave le souvenir sur mon livre d'airain ;
» Et l'oubli n'en saurait anéantir la trace : (31
» Vos crimes toutefois n'enchaînent point ma grâce ;
» Appaisez par vos pleurs la colère des morts :
» La vertu se rallume au flambeau du remords. »

NOTES.

1) PAGE 11.

Quoique mon élégie sur les *Tombeaux de St.-Denis* ait été composée long-temps avant la publication du *Génie du Christianisme*, du *Printemps d'un proscrit*, et du poëme sur l'*Imagination*, je n'en serais pas moins inexcusable d'avoir emprunté dans quelqu'un de ces ouvrages, une idée ou une expression tant soit peu remarquable; aussi je me crois à l'abri de tout reproche à cet égard. J'invite le lecteur à relire le chapitre de M. de Chateaubriand sur St.-Denis, que son étendue m'empêche, à mon grand regret, d'insérer dans mes notes. Mais je me fais un plaisir et un devoir de rapporter deux fragments sur le même sujet, dont l'un se trouve dans *le Printemps d'un Proscrit*, et l'autre, dans le nouveau poëme dont M. Delille vient d'enrichir la littérature française.

> Aux murs de St.-Denis, dans cette église antique
> Qui montre au loin ses tours et son clocher gothique,
> Vingt rois dormaient en paix dans le même cercueil;
> La Gloire, en ce séjour de splendeur et de deuil,
> Souriait sur le marbre à leurs ombres royales,
> Et des règnes passés retraçait les annales.
> Hélas! que reste-t-il de tous ces monuments,
> Consacrés par les arts, et respectés des ans?

3

Turenne, Duguesclin, vos ombres désolées
Désertent en pleurant ces pompeux mausolées ;
Et vos rois, exhumés par la main des bourreaux,
Sont descendus deux fois dans la nuit des tombeaux.

Nous avons tous connu, dans l'éclat de sa gloire,
Ce roi, dont nos neveux béniront la mémoire ;
Son ombre erre plaintive autour de ces palais,
Témoins de sa splendeur, témoins de ses bienfaits :
Et quand le crime heureux obtient l'apothéose,
Je cherche en vain la tombe où la vertu repose !
Sa poussière ignorée est le jouet des vents ;
Un peuple aveugle insulte à ses mânes errants ;
Et quand Janvier, ouvrant les portes de l'année,
Ramène de sa mort la fatale journée,
Ses bourreaux vont offrir à leurs dieux inhumains,
Ce sang pur et sacré qui souille encor leurs mains.
Détourne, ô Dieu ! les maux que ce jour nous apprête :
Le supplice a son culte, et le meurtre a sa fête !

(Le Printemps d'un Proscrit, par M. Michaud,
4ᵉ. édition, p. 91 et 92.)

Ah ! laissez, relégués dans leurs caveaux pompeux,
Sous le marbre imposteur qui flatte encor leurs ombres,
Tous ces rois fainéants qui, sous ces voûtes sombres,
Ont changé de sommeil, et qu'a jetés le sort
Du néant de leur vie au néant de la mort.
Mais pourquoi m'y cacher les mânes de Turenne ?
Leur cendre assez long-temps s'honora de la sienne.
Ah ! puisse au moins son corps, dans ce caveau sacré,
Reposer toujours cher et toujours révéré !

Mais que veut ce concours et ce peuple en furie ?
O forfait exécrable ! ô honte ! ô barbarie !
Du vengeur de l'état le repos est troublé,
Ses honneurs sont détruits, son cercueil violé !
Sans respect du lieu saint, des ombres sépulcrales
On arrache à la mort ses dépouilles royales ;
On brise leur couronne, on ouvre leurs tombeaux,
De sacrilèges mains dispersent leurs lambeaux.
En vain le grand Louis, paré par la victoire,
Repose environné des rayons de la gloire ;
Le hasard le premier le présente à vos coups.
Barbares ! contre lui que peut votre courroux ?
L'orgueil de vos cités, ses sièges, ses batailles,
Les palmes de Denin, les lauriers de Marsailles,
Ces arts, d'un doux loisir nobles amusements,
Vos ports, vos arsenaux, voilà ses monuments !
Et contre tous ces rois que votre espoir dévore,
De leur royal débris vous vous armez encore.

(IMAGINATION, poëme par M. DELILLE, chant VII,
p. 170 et 171, in-8°.)

ᵃ) PAGE 12, VERS 7.

Paris épouvanté voit la hache inhumaine
Trancher sur l'échafaud la tête de sa reine.

Le mercredi 16 octobre 1793, dans le moment même
où la reine Marie Antoinette d'Autriche eut la tête tran-
chée, on enleva, du caveau des Bourbons, le cercueil de
Louis XV, mort le 10 mai 1774, âgé de 64 ans.

3..

[3)] PAGE 12, VERS II.

France dégénérée ! ô parricide France !
Voudrais-tu , déployant ta stupide vengeance
Sur les rois endormis dans leurs saints monuments,
De ce palais de mort chasser leurs ossements ?

*Ejicient ossa regum Juda , et ossa principum ejus ,
ossa sacerdotum , et ossa prophetarum , et ossa eorum qui
habitaverunt Jerusalem , de sepulchris : non colligentur ,
non sepelientur, in sterquilinium supra faciem terræ erunt.*
(JÉRÉMIE, chap. 8.) « On chassera de leurs sépulcres les
» ossements des rois de Juda , de ses princes, de ses prê-
» tres, de ses prophètes et de tous ses habitants. Privés des
» honneurs de la tombe , ils seront dispersés ignominieu-
» sement sur la face de la terre. »

La France a vu s'accomplir tout entière la prophétie
de Jérémie.

[4)] PAGE 12, VERS 2.

O , m'écriai-je , ô Mort ! sous ces voûtes antiques,
Naguères tu voyais rassemblés à ta voix
Nos trois premiers martyrs et dix siècles de Rois.

L'église de St.-Denis a été bâtie sur le tombeau de
l'apôtre de ce nom , et de ses compagnons de martyre,
Rustique et Eleuthère. Le corps d'un des fils de Chilpéric I
fut apporté, de Braine en Soissonnais , à St.-Denis. Cette
église , choisie entre les plus considérables du royaume,
pour recevoir les restes d'un des fils de ce roi , com-

mença dès lors à jouir de l'honneur qu'elle eut depuis de servir de sépulture à la famille royale.

En 1643, on découvrit dans l'abbaye de St. - Germain le tombeau de Chilpéric, roi de Soissons, mort en 584. *Precor ego*, disait l'inscription, *precor ego Chilpericus non auferantur hinc ossa mea.* « Chilpéric vous prie de ne » point enlever ses ossements de cet asile ». Aussi furent-ils laissés religieusement dans le cloître où ils furent trouvés.

[5] PAGE 13, VERS 19.

Le plus pieux monarque, un des plus saints mortels,
Se voit par vos fureurs chassé de ses autels !

Saint Louis mourut au port de Tunis, près de Carthage, en 1270. Ses chairs furent données au roi de Sicile, qui les fit porter dans l'abbaye de Montréal, près de Palerme. Les ossements, avec le cœur, furent enveloppés dans une étoffe de soie remplie de parfums pour être envoyés à St.-Denis. Philippe III ayant été proclamé roi, quitta les côtes d'Afrique, et fit partir avec lui les corps du roi, de la reine Isabelle et du comte de Nevers. Ces tristes objets, qu'il ne perdait point de vue, faisaient que sa douleur, comme il le disait lui-même, se renouvelait tous les jours. Il traversa ainsi toute l'Italie, le Milanais et la Savoie. Il arrive le 21 mai à Paris; et le lendemain le clergé, les religieux et une infinité de peuple conduisirent le convoi à St.-Denis. Le roi Philippe, qui suivait à pied, accompagné de toute la cour, donna en cette occasion un rare exemple de piété filiale, en portant sur ses épaules les ossements du roi son père. Il se reposa auprès de chacune des sept croix qu'avant la révolution on voyait sur le chemin de Paris à St.-Denis. On croit vulgairement qu'elles furent élevées pour consacrer le souvenir d'une action si touchante ; mais une charte de Louis VI prouve qu'elles existaient long-temps avant ce roi.

[6] PAGE 14, VERS 11.

Suger, enfant du cloître, et qui, né sans ancêtres,
Sut gouverner en père et la France et ses maîtres.

Suger, abbé de St.-Denis, homme très supérieur à son siècle, ministre sous Louis-le-Gros et Louis-le-Jeune, fut surnommé, par ces deux rois, père de la patrie ; et les états généraux le choisirent pour régent du royaume. Les papes Calixte II, Honoré II, Innocent II et Eugène III ; Henri, roi d'Angleterre ; Roger, roi de Sicile, et David, roi d'Écosse, lui rendirent des honneurs extraordinaires. Louis-le-Jeune voulut honorer de sa présence les obsèques de ce grand et vertueux ministre, enterré dans l'épaisseur du mur de la croisée de l'église, du côté du midi, avec cette simple inscription : *hic jacet Sugerius abbas ;* « ici repose » l'abbé Suger. » Il ne put voir mettre en terre le corps de ce cher et fidèle ministre, sans témoigner devant tout le monde l'excès de sa douleur par ses soupirs et par ses larmes.

[7] PAGE 14, VERS 13.

Et ce bon Duguesclin, dont la Victoire en deuil,
Sous les murs de Randon couronna le cercueil.

Bertrand Duguesclin, surnommé par nos aïeux le bon

connétable , après avoir battu les Anglais dans toutes les
rencontres , mourut au siège de Randon , dans la Basse-
Auvergne , âgé de 66 ans, le 13 juillet 1380. Le gouverneur de ce fort devait se rendre , le 12 du même mois ,
s'il ne lui venait aucun secours. Révérant jusqu'à l'ombre
de Duguesclin , qu'il regardait , avec toute l'Europe ,
comme le premier capitaine de son siècle , il alla , le lendemain , se prosterner devant son cercueil , et il y déposa
les clefs de la ville. Charles V, inconsolable d'une si grande
perte, voulut donner une dernière preuve de son affection
à son cher connétable, en le mettant au pied du tombeau qu'il s'était préparé à lui-même. Charles VI fit célé-
brer un service solennel pour Duguesclin , neuf ans après
son décès. S. M. voulut que toute la noblesse y assistât. Le
deuil fut mené par le connétable Olivier de Clisson, et par les
deux maréchaux Louis de Sancerre et Mouton de Blainville,
frère du défunt, et par plusieurs autres seigneurs qui firent
l'offrande d'une manière toute militaire , ce qui n'avait pas
encore été pratiqué à St.-Denis. Après l'évangile , l'évêque
d'Auxerre qui célébrait la messe, prononça l'oraison funèbre
de Duguesclin, la première que l'on croit avoir été pronon-
cée en France, pour honorer la mémoire d'un simple par-
ticulier. Il prit pour texte ces mots : *Nominatus est ad
extrema.* « Sa renommée a volé jusqu'aux extrémités de
la terre. » Le roi Charles VI légua par son testament 300
livres, afin de faire prier Dieu pour l'âme du connétable
Duguesclin, tant il conservait d'estime et d'affection pour
sa mémoire !

Martène nous a conservé la description vraiment cu-

rieuse et touchante des obsèques de ce grand homme de
guerre, faite par un poète du temps. Je ne crains pas de trop
allonger cette note, en transcrivant ici deux des dix-sept
stances de cette description peu connue.

> Quant l'offrende si fut passée,
> L'évesque d'Auxerre prescha;
> Là ot mainte lerme plorée
> Des paroles qu'il leur récorda;
> Quar il conta comment l'espée
> Bertran de Glaiequin bien garda,
> Et comme en bataille rangée,
> Pour France grant poine endura.
>
> Les princes fondroint en larmes
> Des mots que l'évesque montroit;
> Quar il disoit : Plorez, gens d'armes,
> Bertrant qui très tant vous aimoit :
> On doit regreter les fez d'armes
> Qu'il fit au temps qu'il vivoit.
> Dieu ayt pitié, sus toutes âmes,
> De la sienne, quar bonne estoit.

> (Martene, *Thesaurus anecdotorum*, tomus
> tertius, p. 1502, Lutetiæ Parisiorum, 1717.)

8) PAGE 14, VERS 18.

> Henriette! je songe, en contemplant ton sort,
> Qu'on a vu ton époux, vendu par sa patrie,
> Perdre sur l'échafaud le trône avec la vie.

Charles Ier. fut livré par les Écossais au parlement d'Angleterre, moyennant deux millions, mais sous la promesse que l'on conserverait toujours le respect dû à la majesté royale. Son épouse, Henriette de France, fille de Henri IV, mourut au couvent de la Visitation à Chaillot, en 1669, âgée de 60 ans. Le roi fit transporter à St.-Denis le corps de cette reine, qui s'était donné à elle-même la qualité de reine malheureuse.

9) PAGE 15, VERS 3.

Toi, dont avec transport je contemple les traits,

Suivant le procès-verbal rédigé par le prieur de St.-Denis, témoin oculaire et forcé de toutes les dévastations commises dans cette église, le corps de Louis XIV était parfaitement reconnaissable, ainsi que celui de Henri IV.

10) PAGE 15, VERS 13.

Objets de tant d'amour dans la France fidelle ;
Objets d'aversion dans la France rebelle,

Je ne prétends pas faire le procès à ceux qui ont rêvé la chimère de la république. Il en est un très-grand nombre de vertueux ; il en est que je me suis toujours honoré de compter parmi mes amis ; mais comme l'expression de *France rebelle* pourrait choquer quelques partisans du système républicain, je crois devoir l'expliquer et la justifier, en disant que, dans la sévérité des principes monarchiques, le poète a le droit de regarder comme passagèrement *rebelles* ou *égarés*, mots synonymes dans le cas dont il s'agit, ceux qui avaient entrepris de substituer un nouvel ordre de

choses au gouvernement établi depuis quatorze siècles. Car,
suivant la remarque très-judicieuse de M. Anquetil, il n'y
a jamais eu, à proprement parler, que deux partis dans
l'assemblée constituante : les royalistes et les républicains.

[11] PAGE 16, VERS 21.

Hors des murs de l'église une Reine autrefois,
D'un monument superbe honora les Valois ;
C'est là que les brigands creusent un vaste abîme.

Le tombeau ou chapelle des Valois était le lieu où les
corps du roi Henri II et de la reine Catherine de Médicis
avaient été inhumés avec huit de leurs enfants. Cet ouvrage était l'un des plus beaux de ce genre. On croit qu'il
avait été construit sur les dessins de Philibert de Lorme, le
plus habile architecte de son temps. Catherine de Médicis
avait fait bâtir cette magnifique sépulture, contiguë à la
croisée de l'église du côté du septentrion ; elle fut détruite
en 1719. C'est dans l'espace même autrefois occupé par
ce monument, qu'une fosse commune reçut les entrailles de
nos rois. Ce lieu aurait pu être encore respecté ; mais depuis
qu'on a détruit le mur de clôture qui le renfermait, il
n'offre plus qu'une place vague.

[12] PAGE 17, VERS 7.

Tels, dans la solitude où fleurissent encor
Les opulents débris de l'antique Tadmor,

Tadmor ou Palmyre, ville célèbre de l'Arabie : on y
trouve encore de très belles ruines d'un temple du soleil.

¹³⁾PAGE 17, VERS 21.

Du poignard sur ton sein je vois encor la marque.

Lorsque Henri IV fut assassiné par Ravaillac, rue de la Féronnerie, il allait à l'Arsenal. La magnifique bibliothèque de ce nom, fondée par M. le marquis de Paulmy, enrichie d'une grande partie de celle de M. le duc de la Vallière, et d'une immense quantité d'excellents livres provenant des dépôts littéraires, renferme le cabinet où le bon Henri allait travailler avec Sully. On y voit la cheminée auprès de laquelle il s'assit, la glace qui réfléchit ses traits, etc. M. le marquis de Paulmy d'Argenson, ancien ministre de la guerre et gouverneur de l'Arsenal, est mort dans l'appartement de Sully, dont ce cabinet fait partie. Il trouvait du charme à l'habiter; et il n'avait pas voulu en changer les décorations, afin de vivre environné des objets mêmes que Henri IV avait vus et touchés. Il le montrait, avec complaisance, à ses amis et à ses parents, qui vivent encore, et de qui je tiens ces détails. On croit que les peintures de cet appartement sont de Voët, par conséquent postérieures, de quelques années, à Henri IV. Les Vandales ont oublié de porter leurs regards destructeurs sur ce sanctuaire, que ne visitent jamais, sans attendrissement, les curieux attirés par la bibliothèque de l'Arsenal, la plus belle de France, après la bibliothèque Impériale.

(4) PAGE 18, VERS 15.

A quels hommes Paris prostituait la gloire !
Quel adultère encens fumait en leur mémoire !

Mirabeau, Châlier, Marat, portés en triomphe au Panthéon.

(5) PAGE 18, VERS 17.

Oui, malgré les clameurs de l'incrédulité,
Disais-je, ce tombeau touche à l'éternité.

Tumulus cum æternitate communicat. « Un tombeau
» communique avec l'éternité. »

(Sti. EPHRAEM Syri canones funebres.)

(6) PAGE 20, VERS 6.

Le jour que, dans son vol, doit s'arrêter le Temps,
Dieu dira : Levez-vous, arides ossements....

Ossa arida, audite verbum dei. « Ossements arides,
» écoutez la parole de Dieu. »   (EZECHIEL, chap. 37.)

(7) PAGE 20, VERS 11.

Honneur à JÉHOVAH dont la toute-puissance,
Des corps ressuscités épurant la substance,
Élève jusqu'à lui la faible humanité,
Et la revêt de gloire et d'immortalité !

*Canet tuba, et mortui resurgent incorrupti, oportet
enim corruptibile hoc induere incorruptionem, et mortale
hoc induere immortalitatem.* « Au son de la trompette, les
» morts ressusciteront incorruptibles ; car il faut que ce
» corps corruptible soit revêtu de l'incorruptibilité, et
» que ce corps mortel soit revêtu de l'immortalité. »

(Première épître de St.-PAUL, chap. 15, vers. 53.)

[18] PAGE 20, VERS 9.

Et mon oreille, encor attentive et ravie,
S'abreuvait des torrents de leur sainte harmonie.

Nous avons tâché de faire passer dans notre langue cette
expression d'Horace, si heureusement hardie : *bibit aure.*

. . . . Sed magis
Pugnas et exactos tyrannos
Densum humeris *bibit aure* vulgus.

(ODE XIII, lib. 2.)

[19] PAGE 21, VERS 13.

Quel sera son destin ? ce fatal privilège
Le rendra-t-il l'objet d'un nouveau sacrilège ?
Séparé de tes rois, privé de leur tombeau,
Turenne, on t'a ravi ton titre le plus beau.

Louis XIV, en reconnaissance des grands services que
le vicomte de Turenne avait rendus à l'état, voulut honorer
le mérite de ce grand homme, en l'associant à la sépulture
des rois dans l'église de St.-Denis. Son corps fut déposé
dans un caveau sous la chapelle de saint Eustache. Le roi
permit à la maison de Bouillon de lui élever, au même lieu,
le tombeau magnifique qu'on y voyait avant la révolution;
et, tous les ans, on célébrait à St.-Denis une messe solennelle, le 27 juillet, pour l'anniversaire de la mort de ce
grand capitaine. Je ne sais pourquoi, par une exception
bizarre, peu honorable, selon moi, pour la mémoire de
Turenne, les brigands épargnèrent ses cendres. « Il resta,
» dit un des ingénieux rédacteurs de la *Gazette de France*,

» M. Michaud (l'auteur du *Printemps d'un Proscrit*), il
» resta seul comme sur un champ de bataille; les bour-
» reaux avaient respecté la gloire de son nom; ils sem-
» blaient avoir pris la fuite à son aspect. » (*Gazette de
France*, 29 mai 1806.) Exhumé en 1793, il fut exposé
dans le cabinet d'Histoire naturelle du jardin des Plantes,
à côté d'un singe, jusqu'au 27 germinal an 7. Placé ensuite
dans un sarcophage, au musée des Monuments français, il
en fut retiré, par ordre des consuls, et porté, le premier vendémiaire an 9, avec pompe, dans l'Église des
invalides, où du moins il a recouvré le tombeau que sa
famille lui avait élevé à St.-Denis, et qui avait été conservé, dans le musée, par M. Alexandre Lenoir.

Les amis des muses latines ne seront peut-être pas
fâchés de trouver ici une belle épitaphe de Turenne, tirée
d'un poëme peu connu, composé en son honneur par Her-
san, l'un des plus célèbres professeurs de l'Université:

Hîc jacet in tumulo regum Turennius, ipsa
Quo regni fortuna stetit: quo fulmine fracti
Germani Batavique jacent; quo sœpe superbus
Concidit Hispanus, qui cuncta et se quoque vicit:
Quem præsentem omnis, vel dum trepidaret, amavit
Europa, æternùm absentem quem, Gallia, flebis.

[20] PAGE 22, VERS 4.

Élevait une impure ou sanguinaire idole....

Treize ans avant la révolution, on recueillit les paroles
prophétiques, dont le père Beauregard fit retentir les voûtes
de Notre-Dame de Paris, et que nous avons vu s'accomplir

si littéralement. « Oui, vos temples, Seigneur, seront dé-
» pouillés et détruits, vos fêtes abolies, votre nom blas-
» phêmé, votre culte proscrit. Mais, qu'entends-je, grand
» Dieu! que vois-je?.... Aux saints cantiques, qui faisaient
» retentir les voûtes sacrées en votre honneur, succèdent
» des chants lubriques et profanes! Et toi, divinité infàme
» du paganisme, impudique Vénus, tu viens ici même
» prendre audacieusement la place du Dieu vivant, t'as-
» seoir sur le trône du saint des saints, et recevoir l'encens
» coupable de tes nouveaux adorateurs. »

Je tiens de plusieurs personnes de l'ancienne cour, que
ce même père Beauregard prêchant à Versailles, devant le
roi, le dimanche de la Passion, en 1789, s'arrêta tout à
coup au milieu de son discours, et qu'après un long silence, pendant lequel on voyait son visage animé d'une expression sinistre, il s'écria d'une voix tonnante : « France!...
» France!... France!... ton heure approche; tu seras bou-
» leversée, confondue. » Ce qu'il y a de remarquable dans
cette impétueuse et terrible apostrophe, c'est qu'elle n'avait
aucune espèce de rapport avec la suite ni avec le commence-
ment du sermon.

[21] PAGE 22, VERS 9.

Ici j'entends gémir l'intrépide Biron,
Le vertueux Penthièvre et l'illustre Buffon.

L'intrépide Biron,

Armand de Gontaud de Biron, l'un des quatre premiers
barons du Périgord, maréchal de France sous François I,

Henri II, François II, Charles IX, Henri III et Henri IV, eut la tête emportée d'un boulet de canon au siège d'Épernay en Champagne. Ainsi s'accomplit en sa personne l'emblème et la devise qu'il avait adoptés : c'était une mèche allumée, avec ces mots : *Perit, sed in armis* : « elle s'éteint, » mais au milieu des armes. » Le souvenir des services qu'il avait rendus au roi dans sept batailles où il avait commandé en chef, et où il avait été blessé autant de fois, détermina le cardinal de Bourbon, par l'avis du chancelier et de tout le conseil, à lui rendre des honneurs particuliers. Lorsque son corps passa par St.-Denis, le 20 juillet 1592, toutes les paroisses allèrent au-devant du convoi jusqu'à la porte de la ville, et conduisirent le corps au parvis de la grande église, où l'attendait le cardinal de Bourbon (nommé ci-devant le cardinal de Vendôme), accompagné de plusieurs évêques, des secrétaires d'état, du gouverneur et de toute la noblesse. Le sous-prieur, à la tête de la communauté, reçut le corps du feu maréchal. Le lendemain on célébra le service, auquel assista le cardinal de Bourbon, avec tous les prélats et les autres seigneurs qui s'y étaient trouvés la veille. Ensuite le corps fut emporté de l'église pour être conduit à Biron en Périgord, d'où il a été ignominieusement exhumé sur la fin de 1793. Le Maréchal de Biron s'honorait d'être parvenu à la première charge militaire, après avoir passé par tous les grades subalternes. Le célèbre Lanoue et Brantôme prétendent qu'il était le plus grand homme de guerre de toute la chrétienté.

Le vertueux Penthièvre.....

J'ai horreur d'apprendre au public, qu'il était dans la

destinée de ce prince si religieux, si modeste, si bienfaisant, de trouver, à Dreux, après son exhumation, un échafaud, une hache révolutionnaire et un bourreau.

Et l'illustre Buffon.

« Les barbares officiers municipaux de Montbard, m'écrivait M. de Buffon le fils, peu de jours avant son supplice, « ont exhumé mon père, sous prétexte que, s'il eût
» vécu, il n'aurait pas été patriote; ils ont osé l'arracher de
» ce pavillon, dont Jean-Jacques baisa respectueusement le
» seuil, quand il apprit que c'était là que mon père avait
» composé l'*Histoire naturelle*. »

²²⁾PAGE 22, VERS 11.

Là je vois exhumer cette femme immortelle,
Qui seule, dans son art, sans rivaux ni modèle, etc.

Vers la fin de 1793, j'allais de St.-Paul-Trois-Châteaux,
avec M. le comte de.... chez qui j'étais réfugié, visiter le
château de Grignan, situé à deux lieues de cette ville. Nous
y arrivâmes au moment même où les déprédateurs des tombeaux violaient celui de madame de Sévigné. Ce sacrilège
fut consommé au milieu de tous les excès de délire, de barbarie et d'indécence qui pouvaient en augmenter l'horreur.

Quelques années auparavant, la littérature avait perdu,
si j'ose m'exprimer ainsi, une partie de cette femme célèbre;
et je laisserais ignorer cette perte, connue seulement d'un
très petit nombre de personnes, sans la crainte de la voir,
peut-être bientôt, racontée par des écrivains mal instruits
ou passionnés, qui ne manqueraient pas de la charger de

circonstances odieuses pour des noms antiques et respec-
tables. Ce motif justifiera ma révélation, qui d'ailleurs ne
peut donner que des regrets inutiles.

Il existait entre les mains de M. le marquis de .... deux
volumes de Lettres inédites de madame de Sévigné. Lorsqu'il se vit près de mourir, il appela auprès de lui son héritier, et il le força de brûler, en sa présence, ces manuscrits
précieux. Toute représentation fut inutile. — *J'ai donné
ma parole d'honneur*, dit M. le marquis de ...., *que cette
correspondance périrait avec moi. Elle contient un grand
nombre de faits et d'anecdotes, dont la publication affli-
gerait plusieurs maisons considérables de la Provence et du
Dauphiné.* — Il fallut obéir; et le feu dévora, dans quelques instants, des lettres qui feraient les délices de tous les
siècles. Deux de ces lettres seulement échappèrent à la sur-
veillance du marquis de .... Je les ai eues long-temps; et il
me serait, je crois, possible de les avoir encore à ma dis-
position. D'après les regrets que m'a souvent manifestés
M. le comte de .... d'avoir été obligé de remplir l'ordre de
son cousin, j'ai lieu de croire que, si celui-ci se fût contenté
de le lui prescrire par testament, son héritier se serait écrié
comme Auguste :

> Frangatur potiùs legum veneranda potestas
> Quàm tot congestos noctesque diesque labores
> Hauserit una dies.

et que son ingénieuse délicatesse lui aurait suggéré les moyens
de pouvoir, sans offenser personne, faire, pour la mémoire
de son illustre parente, ce que firent Varius et Tucca pour
celle de Virgile.

23) PAGE 22, VERS 17.

Paris livrait en proie à ce noir attentat,
Beaumont, ce magnanime et bienfaisant prélat.....

Christophe de Beaumont, digne des premiers siècles de l'église, est un des prélats en qui ont le plus vivement éclaté toutes les vertus morales, chrétiennes et apostoliques. Trois exils furent la récompense honorable de cet intrépide défenseur de la foi et de la monarchie. Le ministère, par une suite de l'aveuglement funeste dont il était frappé, avait entrepris de lui associer un coadjuteur, partisan des nouvelles doctrines; mais en vain, pour le faire consentir à ses projets, lui offrit-il un chapeau de cardinal, et une duché-pairie pour sa maison. Le saint archevêque, grand par les honneurs dont il fut revêtu, en refusant ceux qu'on lui proposait, s'éleva au-dessus de la grandeur même : conduite admirable et bien digne de l'illustre prélat qui ne se détermina à venir occuper le siège des Denis, des Marcel et des Germain, que d'après les ordres trois fois réitérés de Louis XV. Son courage et sa rare piété furent encore, s'il se peut, surpassés par sa bienfaisance. Tous les souverains de l'Europe, principalement le grand Frédéric et l'impératrice de Russie lui témoignèrent à l'envi l'estime et l'admiration que leur inspiraient tant de vertus relevées par un si noble caractère.

Le nom de Beaumont doit être, à plus d'un titre, cher à la religion; car, sans parler ici d'un des ancêtres de notre archevêque, Soffrey de Beaumont, chevalier qui, lors des premières croisades, apporta de la Terre-Sainte en France,

les reliques de S. Côme et de S. Damien ; la grande
chartreuse, la chartreuse de Hugon, les églises de Gre-
noble, de Vienne, etc., fondées dans les 10ᵉ., 11ᵉ. et 12ᵉ.
siècles, comptent les *seigneurs de Beaumont en Dauphiné*,
d'ancienne chevalerie, au rang de leurs premiers bienfai-
teurs. Ce nom ne doit pas être moins cher à la politique,
puisque l'un des sujets de cette famille, Amblard de Beaumont, ministre principal, cousin et ami de Humbert II,
détermina, par ses travaux et son heureuse politique, la
donation du Dauphiné à la France en 1349, selon les té-
moignages de Philippe de Valois, du roi Jean, de Charles V
et de tous nos rois. Voyez, sur ce point important, tous les
historiens du Dauphiné, Chorier, Gui-Allard, le président
de Valbonnais, etc. ; l'*Histoire de France* du Père Daniel,
in-4°., tom. XI, pag. 629, édit. de 1756. Voyez encore
l'*Abrégé* du président Hénault, pag. 316, édit. in-8°.
de 1768 ; l'*Atlas historique et chronologique* de M. Le-
sage, etc.

Les réclamations de quelques pauvres, présents à l'exhumation du saint archevêque de Paris, empêchèrent que ses
os ne fussent dispersés ; ils reposent encore à Notre-Dame,
dans la chapelle dite *de Beaumont*, où ses petits-neveux ont
rétabli son épitaphe, composée par le savant abbé Brotier,
laquelle faisait partie du mausolée de M. de Beaumont.

[24] PAGE 23, VERS 5.

O vierge, que Nanterre éleva sous le chaume,

Sainte Geneviève, née à Nanterre, près de Paris, l'an

419, sous l'empire d'Honorius et de Théodose le jeune, mourut cinq semaines après Clovis, l'an 512, respectée et chérie des rois, des prélats et des peuples, qui la regardaient comme l'Ange du Seigneur. Elle engagea Clovis et Clotilde à bâtir l'église de St.-Pierre et St.-Paul (appelée aujourd'hui Ste.-Geneviève). Son corps y fut porté, avec pompe, près de celui de Clovis, et y resta exposé à la vénération des fidèles jusqu'à la révolution. On l'a toujours regardée, non seulement comme la patrone des Parisiens, mais comme la protectrice perpétuelle du royaume. La piété de saint Éloi fit à cette sainte, l'an 630, une châsse magnifique qui fut renouvelée par S. Louis. Cette châsse a subi le sort de tous les monuments de ce genre ; et les ossements de Sainte Geneviève, au milieu des cris et des danses d'une populace en délire, ont été brûlés sur la place de Grève, au bord de cette partie même de la Seine, où, durant les horreurs de la famine et de la guerre, auxquelles les Parisiens étaient en proie, Sainte Geneviève, par son courage et sa piété, vint à bout d'amener d'Arcis-sur-Aube et de Troyes, onze grands bateaux chargés de farine, malgré les dangers qu'elle eut à essuyer en allant et en revenant.

[25] PAGE 24, VERS 16.

Ici fleurit l'école où l'humaine sagesse,
Des héritiers du trône instruisant la jeunesse, etc.

Inde reges, principes, cæterique nobiles ad discendum Dei timorem cum litteris, liberos suos monachis intra claustra tradiderunt instituendos.

(LANGIUS, *in Chronico citizenci.*)

« Les rois, les princes et la noblesse du royaume confiè-
» rent aux moines (de St.-Denis), le soin d'instruire leurs
» enfants, et de les former, dans le cloître, à la crainte de
» Dieu. »

[26] PAGE 24, VERS 19.

Ici venaient nos rois expier les batailles,
Pleurer des nations les grandes funérailles,
Et, devant cet autel, où triomphait Denis,
Humilier leur sceptre et la gloire des lis.

Les rois, avant d'entreprendre la guerre, prenaient l'é-
tendard de S. Denis, connu sous le nom d'oriflamme; et
qu'ils eussent éprouvé des succès ou des revers, ils allaient
remercier leur saint patron de la protection qu'il leur avait
accordée. Ils ne portaient pas eux-mêmes l'oriflamme, mais
après l'avoir prise sur l'autel, ils la mettaient entre les
mains d'un vaillant chevalier, qui faisait serment de la conserver, et de la rapporter au même lieu.

Voici de quelle manière, le 9 octobre 1254, Saint Louis
célébra la fête du saint martyr. Il s'approcha de l'autel de
S. Denis, la tête nue; et, après avoir passé quelque temps
en prières à genoux, il appela le prince Philippe son fils, et,
en sa présence, il mit sur sa tête quatre besans d'or, qu'il
y tint quelques moments avec la main. Il fit ensuite son offrande sur l'autel qu'il baisa en même temps. Cette cérémonie marquait la dépendance où S. Louis voulait être du
saint martyr, protecteur de sa personne et de son royaume.
Chaque année ramenait la même cérémonie.

(27) PAGE 28, VERS 19.

Que d'un peu de gazon l'humble magnificence
De leur dernier palais décore l'indigence ;

Le chapitre de M. Kotzebue sur St.-Denis, dans ses *Souvenirs de Paris en* 1804, inexact à tous égards, est une espèce de drame, dont les personnages sont, M. Kotzebue, *une charmante mortelle*, et le suisse de l'Abbaye, qu'il nous peint sous les traits de Jérémie, pleurant sur les débris du temple de Jérusalem. L'attendrissement religieux de ce Suisse, la possibilité de retrouver les ossements de Henri IV, la tombe des rois couverte de gazon, tout cela est de l'invention du voyageur, ou l'effet de sa crédulité. *Le bon Suisse qui*, selon M. Kotzebue, *semblait regretter quelque vieux ami, dont l'image flottait encore devant lui,* n'est qu'un Suisse très-froid et très-indifférent à tous ces objets funèbres ; les ossements de Henri IV furent confondus avec ceux des autres rois ; et la tombe commune qui les reçut, est un endroit nu, découvert, exposé aux profanations de toute espèce. J'aime à regarder aussi comme un personnage imaginaire, *l'aimable compagne, la charmante mortelle, à qui M. Kotzebue donnait le bras, et qui, dans le souterrain, était obligée de se rapprocher de lui, pour ne pas fouler la place où dormaient les morts.*

Non hoc ista sibi tempus spectacula poscit.

Le voyageur, qui voulait visiter St.-Denis, le poète, qui voulait y chercher l'inspiration, devaient y aller seuls, et ils ne pouvaient y entendre que la voix des ruines, des souvenirs et de la mort.

[28] PAGE 29, VERS 7.

Louis, des souverains le plus infortuné !
Par la mort de ton frère au trône condamné.....

Louis-Joseph-Xavier de France, duc de Bourgogne, fils de Louis dauphin, frère aîné de Louis XVI, mort le 22 mai 1761, âgé de neuf à dix ans.

[29] PAGE 32, VERS 14.

Mon bras, de vos géants courbera la hauteur.

Incurvabitur altitudo virorum. (ISAÏE, ch. 2.)

Le mot *géant*, dans l'Écriture sainte, signifie un homme puissant.

[30] PAGE 32, VERS 17.

De ce temps sacrilège un éternel burin
Grave le souvenir sur mon livre d'airain.

Peccatum Juda scriptum est stylo ferreo, in ungue adamantino. (JÉRÉMIE, ch. 17.)

[31] PAGE 32, VERS 19.

Et l'oubli n'en saurait anéantir la trace.

Dabo vos in opprobrium sempiternum, et in ignominiam æternam quæ numquam oblivione delebitur.
(JÉRÉMIE, ch. 23.)

FIN.